Jean Lemieux

Le chasseur de pistou

Illustrations
de Sophie Casson

la courte échelle

Les éditions de la courte échelle inc.
5243, boul. Saint-Laurent
Montréal (Québec) H2T 1S4
www.courteechelle.com

Révision:
Marie Pigeon Labrecque

Conception graphique de l'intérieur:
Derome design inc.

Infographie:
Sara Dagenais

Dépôt légal, 3e trimestre 2007
Bibliothèque nationale du Québec

La courte échelle reconnaît l'aide financière du gouvernement
du Canada par l'entremise du Programme d'aide au développement
de l'industrie de l'édition pour ses activités d'édition. La courte échelle
est aussi inscrite au programme de subvention globale du Conseil des
Arts du Canada et reçoit l'appui du gouvernement du Québec par l'in-
termédiaire de la SODEC.

La courte échelle bénéficie également du Programme de crédit d'impôt
pour l'édition de livres — Gestion SODEC — du gouvernement du
Québec.

Catalogage avant publication de Bibliothèque et Archives Canada

Lemieux, Jean

   Le chasseur de pistou

   (Premier roman; PR158)
   Pour enfants de 7 à 9 ans.

   ISBN 978-2-89021-910-6

   I. Casson, Sophie. II. Titre. III. Collection.

PS8573.E542C52 2007   jC843'.54   C2007-940419-7
PS9573.E542C52 2007

Imprimé au Canada

Jean Lemieux

Jean Lemieux est médecin et écrivain. Il vit à Québec, après avoir travaillé pendant plusieurs années aux Îles-de-la-Madeleine. Depuis qu'il est jeune, Jean Lemieux a toujours écrit. Aujourd'hui, il est l'auteur de plusieurs romans et nouvelles. À la courte échelle, en plus de ses livres pour les jeunes, il a publié trois romans pour les adultes. Son travail a été récompensé à quelques reprises, entre autres pour *Le trésor de Brion*, pour lequel il a reçu le prix Brive-Montréal 1995 et le prix du livre M. Christie 1996.

Comme il aime voir du pays, Jean Lemieux a beaucoup voyagé un peu partout dans le monde. Son passe-temps préféré est sans doute la musique (il joue d'ailleurs de la guitare et du piano) et son péché mignon, le hockey. Et quand il est à la maison, il ne manque jamais de faire un brin de causette avec sa chatte Chatouille.

Sophie Casson

Sophie Casson a étudié en design graphique et elle se spécialise en illustration éditoriale. On peut d'ailleurs voir ses illustrations au Canada, en France et aux États-Unis. Née de parents français, Sophie Casson a vécu pendant quelques années en Afrique et elle a aussi beaucoup voyagé. Aujourd'hui, elle vit à Montréal avec ses deux garçons, ses deux chiens et ses deux poissons rouges. Elle aime aussi beaucoup les bandes dessinées.

Consultez les fiches séries et les fiches d'accompagnement au
www.courteechelle.com

Jean Lemieux

Le chasseur de pistou

Illustrations
de Sophie Casson

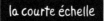
la courte échelle

À ma soeur Madeleine,
grande spécialiste du pistou

1
Le grand jour

Aujourd'hui, c'est le grand jour.

Nous sommes en juin. Dans moins d'une semaine, nous serons en vacances. En compagnie de mon amie Marianne, je marche vers l'école.

Marianne et moi, nous nous connaissons depuis la maternelle. Nous formons une équipe du tonnerre. Moi, FX Bellavance, huit ans, vingt-cinq kilos, je suis le champion poids lourd des questions. Marianne, elle, est une spécialiste des réponses.

Nous sommes de bonne

humeur. Il fait beau. Il n'y a pas un nuage dans le ciel. Les moineaux jasent dans les arbres et sur les cordes à linge.

Je pourrais me contenter de me laisser chauffer par le soleil. Ou encore écouter les oiseaux. Mais non! Quelque chose me tracasse.

— Marianne, penses-tu qu'on est prêts?

— C'est sûr qu'on est prêts. On s'est exercés DEUX fois hier soir avec tes parents.

— Ça me rend nerveux de parler devant la classe. Il ne faut pas

que je me trompe entre le soleil et la lune.

— Ne t'en fais pas, tout va bien se passer. Les éclipses, tu connais ça par coeur.

Des fois, je pense que si Marianne est la championne des réponses, c'est parce qu'elle ne se pose pas trop de questions.

***

Aujourd'hui, c'est le grand jour. C'est la fin du concours.

Pour souligner la dernière présentation orale de l'année, Mme Florence, notre professeur, a décidé de donner un prix: deux billets pour aller voir, avec elle, le Grand Cirque des Étoiles.

Les règles du concours sont simples. Il faut apporter en classe un objet ORIGINAL et en parler pendant dix minutes.

Jusqu'ici, nous avons eu droit à plein de choses: un ukulélé, un couteau suisse avec vingt et un accessoires, une collection de bilboquets, des raquettes en babiche, un turban et un burnous, etc.

Albert et Bertrand, mes ennemis jurés, ont voulu impressionner la classe en apportant un furet.

Les Albertrands (c'est ainsi que nous les surnommons) n'ont pas eu de succès avec leur invité. Pour commencer, Mme Florence a peur des petits animaux. Ensuite, ils se sont trompés dans leur exposé. Enfin, certains élèves ont prétendu que les animaux n'étaient pas des objets.

La classe a passé au vote. Il a

été décidé, par deux voix seulement, que les animaux pouvaient être considérés comme des objets, au moins pour la durée du concours. Malheureusement pour les Albertrands, le furet a fait pipi sur la chaise de Mme Florence. Selon moi, ils sont éliminés.

Marianne et moi croyons avoir de bonnes chances de gagner. Nous avons préparé une présentation EXTRAORDINAIRE.

En plus, après nous, il ne reste qu'une équipe et ce n'est même pas une équipe. C'est Arnaud

Savapa-Dubonnet, tout seul. Il est tellement timide qu'on se demande comment il va faire pour tenir dix minutes!

Nous entrons dans la cour, le coeur battant.

2
Un voyage dans le ciel

Voilà. Après le cours de mathématiques, c'est le temps des présentations orales.

Marianne et moi sommes devant le tableau. La sueur me coule dans le dos. Il fait chaud dans la classe, malgré les fenêtres ouvertes.

Je pose sur le bureau de Mme Florence un emballage-cadeau, avec des froufrous de toutes les couleurs. Je commence:

— CHERS AMIS!

Oups! Je crois que j'ai parlé trop fort... Je reprends, plus bas:

— Chers amis!

Marianne sort du sac le réveille-matin de sa mère. Il a d'énormes cloches en acier. Quand il sonne, c'est pire que la sirène des pompiers.

— Aujourd'hui, Marianne et moi allons vous parler d'un sujet TRÈS intéressant. Un sujet tellement intéressant que nous aurons besoin de ce réveille-matin pour ne pas dépasser nos dix minutes.

Quelques rires... C'est mieux que rien...

— Nous vous avons apporté quelque chose qui est normalement dix mille millions de fois plus gros que la classe. C'est...

— TATATAM! fait Marianne.

— LA LUNE!

Je sors du sac une réplique exacte de la Lune. Aucune réaction dans la classe. De loin, ma planète doit ressembler à une boule de quilles marbrée.

— Cette mini-lune n'est pas n'importe quelle mini-lune! Mon père l'a rapportée d'une visite au siège de la NASA, aux États-Unis. C'est de là que les Américains lancent les fusées, les satellites et les bavettes spatiales...

— Les NAVETTES spatiales, corrige Marianne.

— Les navettes spatiales que vous voyez à la télévision. Sur cette reproduction, on peut voir TOUS les détails de la Lune en personne!

Marianne enchaîne en faisant une leçon de géographie lunaire. La Lune possède une face visible et une face cachée. Sur la Lune, on trouve des mers dans lesquelles il n'y a pas d'eau. Elles

portent de drôles de noms comme
Sérénité et Tranquillité.

Marianne continue:

— Nous n'avons pas seule-
ment apporté la Lune. Nous avons
aussi apporté la Terre...

Je tire du sac un ballon de soc-
cer sur lequel est écrit au crayon-
feutre le mot
TERRE.

— Et le Soleil!

Je sors une lampe de poche en-rubannée avec du papier mâché peint rouge vif. Cette fois, je ne sais pas pourquoi, toute la classe se met à rigoler.

— Et maintenant nous allons vous expliquer les ÉCLIPSES!

J'allume la lampe de poche. Marianne prend la Lune et la Terre dans ses deux mains. Moi, je suis le Soleil.

En tournoyant devant la classe, nous expliquons ce qui se passe quand il y a une éclipse de Lune ou une éclipse de Soleil. Ce n'est pas compliqué. Ça arrive quand les trois planètes sont alignées dans le ciel.

— DRINGGGG!!!!

Le réveille-matin sonne juste au bon moment. Je termine en disant:

— La prochaine fois, nous apporterons quelque chose d'encore plus original.

Toute la classe m'écoute, dans l'attente de la suite.

— Un furet qui ne fait pas pipi!

Je ne sais pas ce qui m'a pris. Ce n'était pas dans la présentation. Quand même, tout le monde rit comme des fous. Même

Mme Florence, qui n'a pas l'habitude de rigoler pour un rien.

Tout le monde? Non. Les Albertrands ne m'ont pas trouvé comique.

3

Arnaud
Savapa-Dubonnet

Marianne et moi retournons à nos places. Arnaud Savapa-Dubonnet, le dernier concurrent, s'installe derrière le bureau de Mme Florence. Il tient dans sa main une boîte verte, carrée, à peine assez grosse pour contenir une balle de tennis.

Avant de continuer, je dois vous dire QUI est Arnaud Savapa-Dubonnet.

Pour commencer, c'est un nouveau. Il est arrivé dans la classe il y a deux mois. Mme Florence nous l'a présenté en disant qu'il débarquait de la

Côte-d'Ivoire, en Afrique.

Ça nous a surpris. Arnaud n'a pas l'air d'un Africain, dans le sens qu'il n'est pas de race noire. Nous avons plusieurs amis africains à l'école. Ils viennent du Sénégal, du Rwanda ou même du Congo. Ils ont tous la peau noire.

L'origine d'Arnaud Savapa-Dubonnet est mystérieuse. Il n'a pas la peau blanche comme la majorité des élèves. Il n'est pas noir ni jaune. En fait, Arnaud a une drôle de couleur, une espèce de vert pâle ou de beige foncé.

En plus, il parle avec un accent, en utilisant des mots qui ont l'air de sortir d'un livre.

Je lui ai demandé, un jour qu'on jouait au ballon dans le parc, de quelle NATIONALITÉ il était. En utilisant le mot nationalité, je voulais lui montrer que je pouvais lire des livres, moi aussi.

— Je ne sais pas, m'a-t-il répondu. Ma mère est française. Enfin, je crois.

— Et ton père?

— Il est un mélange.

Un mélange! Est-ce qu'il existait une nationalité «mélange»?

Il m'a expliqué que son père était né au Portugal, mais que sa famille venait d'Égypte, de Grèce, d'Italie et du Brésil. Et pour simplifier les choses, Arnaud avait habité, depuis sa naissance, en France, en Malaisie, au Chili et, finalement, en Côte-d'Ivoire.

Ce n'était pas compliqué: Arnaud Savapa-Dubonnet était un globe terrestre à deux pattes. Pas étonnant qu'il soit vert pâle! À force de se promener comme ça partout dans le monde, il avait attrapé le mal de coeur.

Moi, j'ai toujours vécu dans la même ville, dans la même maison. Je l'enviais un peu. Je lui ai demandé ce que faisait son papa.

— Papa est un spécialiste du vent.

— Et ta mère?

— Elle joue du piano.

— C'est tout ce qu'elle fait?

— Non. La nuit, elle dort.

Donc, Arnaud Savapa-Dubonnet est un mélange issu d'un spécialiste du vent et d'une joueuse de piano.

Physiquement, il est le plus petit de la classe. Et il est maigre comme un arbre en hiver. Par contre, il a beaucoup de cheveux, tout noirs, taillés en balai. Je crois qu'il s'en sert pour cacher les écouteurs de son baladeur. Parce qu'Arnaud est toujours plongé dans la musique. Mme Florence a dû lui confisquer son appareil un jour qu'il l'utilisait en classe.

Il peut écouter de la musique, de toute façon. Il n'a jamais besoin de se concentrer sur ce que dit le professeur! Tout est déjà dans sa tête.

Je croyais savoir beaucoup de choses pour un garçon de huit ans. Arnaud me bat à plates coutures, mais il n'est pas prétentieux. Il ne parle presque jamais. Il reste dans son coin. Il ne se mêle pas à nous.

Nous sommes maintenant vingt-trois dans la classe. Je dirais qu'Arnaud Savapa-Dubonnet est le vingt-troisième. Ce n'est pas parce qu'il est le dernier arrivé. C'est plutôt qu'il est toujours à part des autres.

Je ne comprends pas pourquoi Mme Florence ne l'a pas obligé à se joindre à une équipe de deux. D'habitude, elle essaie toujours de nous faire travailler en équipe.

Je regarde Arnaud Savapa-Dubonnet, seul devant la classe. Il pose délicatement sa petite boîte verte sur le bureau de

Mme Florence. Il est pâle. Sa main tremble. Je fais un clin d'oeil à Marianne. C'est nous qui allons gagner les billets pour le cirque!

C'est alors qu'Arnaud commence à nous parler du pistou.

4
Un animal très bizarre

La classe est agitée. Mme Florence va nous lancer un de ses habituels «Les amis!». Arnaud Savapa-Dubonnet la devance en disant:

— Les amis!

Il a imité exactement le ton et l'accent de notre professeur! Du coup, tout le monde se met à rire.

Nous regardons Mme Florence. Elle a l'air de trouver ça drôle, elle aussi. Je ne sais pas ce qu'il a, ce petit globe terrestre à deux pattes, mais il a le tour avec elle.

— Aujourd'hui, je vais vous

parler du pistou. Qui connaît le pistou dont on se sert en cuisine?

Personne ne lève la main, sauf Sonny Chiodini, l'Italien de la classe.

— Moi, je connais le pesto.

— AH! s'écrie Arnaud. Le pistou est le cousin français du pesto. C'est un mélange d'ail, de basilic, de tomates et d'huile d'olive.

— BEURK! fait Sigismond Lalancette.

— Rassurez-vous, dit Arnaud en ouvrant grand les bras, je n'ai pas l'intention de vous parler de ce pistou-là. Ce que j'ai apporté ici, c'est l'AUTRE pistou.

Il roule de gros yeux, comme s'il s'agissait d'une momie égyptienne ou de King Kong. En plus de parler comme un livre, Ar-

naud Savapa-Dubonnet a des talents de comédien!

— Pour commencer, le pistou est un animal. Quelle sorte d'animal? Certains disent que c'est un oiseau. D'autres, que c'est un poisson. Enfin, des chercheurs de la Nouvelle-Zélande affirment que le pistou descend d'un petit serpent nommé *crotalus poutpoutis*.

«Où vit le pistou? Partout et

31

nulle part. Il est très difficile à observer et à capturer. Une secte de l'Arizona soutient que le pistou est un minuscule extraterrestre. Il a été vu en Indonésie, en Russie et à Yamachiche.»

La classe est calme comme un dortoir. Tous les élèves sont suspendus aux lèvres d'Arnaud. Mon amie Catherine Babin-Bibeau, alias B4, n'en peut plus. Elle lève la main.

— As-tu un vrai pistou dans ta boîte?

— Certainement.

— Comment as-tu fait pour l'attraper?

— Ça a été TRÈS difficile. Le pistou est un animal qui chasse au lever du jour. Le reste du temps, il dort, caché dans une fleur. Le pistou pourrait finalement être une sorte de bourdon préhistorique. C'est vraiment un animal très bizarre. On ne peut l'attraper qu'en rêve.

— En rêve? s'étonne Sigismond Lalancette.

— Le pistou ne peut être capturé que par un somnambule. J'ai attrapé ce pistou la nuit dernière dans le jardin de mes parents. Je marchais comme ça...

Arnaud tend les bras vers l'avant, ferme les yeux et se met à se promener dangereusement entre les pupitres.

— ... mes pas m'ont dirigé vers une grosse tulipe. J'ai sifflé *Au clair de la lune* et le pistou est sorti de la fleur. Je lui ai fait signe de grimper sur mon épaule et je l'ai rapporté dans ma chambre.

— Pourquoi *Au clair de la lune*?

— C'est écrit dans tous les livres de pistoulogie. Le pistou perd tous ses moyens quand il entend *Au clair de la lune*.

Je commence à penser qu'Arnaud exagère un peu. Il continue:

— Comme le caméléon, le pistou se camoufle en prenant la couleur de son voisinage. Quand il vole, il peut même prendre la couleur de l'air!

Assez, c'est assez! Je lève la main et je réclame:

— On veut le VOIR!

Les élèves reprennent mon idée. Ils crient en choeur: «ON-VEUT-LE-VOIR! ON-VEUT-LE-VOIR!»

— D'accord, dit Arnaud.

Il se penche au-dessus de la petite boîte verte. Le silence se fait dans la classe. Avec mille précautions, il soulève le couvercle et...

— BZZZZZZZZZZ!

Arnaud essaie de saisir le pistou avec ses mains, mais la bête lui échappe. Il gesticule. Il court partout dans la classe en criant: «Il est là! Il est là! Attrapez-le!»

Pourtant, je ne vois rien. Je

crois qu'Arnaud fait «Bzzz!» avec sa bouche en courant partout. C'est le tumulte dans la classe. Tout le monde crie «Je le vois!» mais personne ne voit rien.

Finalement, Arnaud grimpe sur un pupitre, puis sur le rebord de la fenêtre, en agitant les mains. Le «Bzzz!» s'éteint. Il se tourne vers nous et annonce:

— Le pistou s'est sauvé par la fenêtre! Quel malheur!

À voir le sourire qui allume son visage de globe terrestre, il n'est pas malheureux du tout. Il retourne près du bureau de Mme Florence, fait un salut et dit:

— C'est la fin de ma présentation.

Personne ne l'écoute. Tous les élèves sont à la fenêtre. Ils cher-

chent à apercevoir le fameux pistou.

Mme Florence, elle, n'a pas
bougé de sa chaise. Elle crie «Les
amis!» et se met à applaudir Arnaud, toute seule. Les élèves re-
gagnent leur place et applaudis-
sent, eux aussi. Il y en a même
qui sifflent et qui font du bruit
avec leur pupitre!

Marianne et moi échangeons un regard. Le Grand Cirque des Étoiles, on peut oublier ça...

5
Menaces et tricheries

Pendant la récréation, Marianne, B4 et moi nous retrouvons sous notre arbre préféré.

Je suis rouge de colère:

— Arnaud a triché! Son pistou n'existe pas!

— Je te jure que je l'ai vu, prétend B4.

Parmi mes amis, B4 est la championne de la NAÏVETÉ. Un jour, je lui ai fait croire que mon grand-père était le cousin du père Noël. Je lui réponds:

— J'ai vérifié dans le DIC-TION-NAI-RE! Il n'existe pas d'animal appelé pistou. Arnaud n'a RIEN apporté en classe. Il a fait une présentation sur RIEN!

— Est-ce que rien peut être considéré comme un objet? demande Marianne.

Nous n'avons pas le temps de discuter de cette question. B4 m'avertit: «Attention, FX! Les Albertrands!»

Je me retourne. Albert et Bertrand se dirigent vers nous. À la façon dont ils me regardent, je dirais même qu'ils se dirigent vers MOI. Et qu'ils ne sont pas de bonne humeur.

Le problème avec les Albertrands, c'est qu'ils sont grands, forts et plutôt méchants. Ça ne sert à rien d'essayer de me sauver. Ils courent plus vite que moi. En plus, j'aurais l'air d'un peureux.

Albert cache quelque chose dans sa main. Je leur fais face.

— Qu'est-ce qu'il y a?

Bertrand me prend par le collet et me soulève comme si j'étais un sac de patates.

— Lâche FX! crie Marianne.

— Je vais tout raconter à Mme Florence! menace B4 en tremblant comme une feuille.

Bertrand leur jette un regard dédaigneux et dit:

— À votre place, je resterais tranquille, les punaises.

Il se tourne vers moi.

— Tu as ri de notre furet, FX?

— C'est à ton tour de faire pipi, ricane Albert.

Avant que j'aie le temps de faire quoi que ce soit, Albert tire la ceinture de mon pantalon et vide une bouteille d'eau gazeuse dans mon caleçon! Je vous assure que ce n'est pas une sensation agréable.

— Ça, c'est pour commencer, dit Bertrand. Nous t'attendons à la fin des cours.

Il me laisse retomber. Les Albertrands s'éloignent, fiers de leur coup. Mon pantalon est tout mouillé. Je sens le liquide qui coule le long de mes cuisses, de mes jambes, jusque dans mes souliers!

En ce grand jour de la fin du concours, moi, FX Bellavance, j'ai l'air d'un bébé qui a fait pipi dans ses culottes!

En plus, les Albertrands vont m'attendre à la fin des cours! Quand ils attendent quelqu'un à la sortie de l'école, d'habitude, ce n'est pas pour lui souhaiter bonne fête.

Que faire? Marianne et B4 s'approchent. Elles voudraient me consoler, mais je vois bien qu'elles ont envie de rire. Elles ont beau détester les Albertrands, elles me trouvent comique avec mon pantalon mouillé!

La cloche signale la fin de la récréation. Pas question que je me ridiculise devant toute la classe.

Sans dire un mot à personne, je quitte la cour d'école et je me sauve. Je cours, je cours vers la maison. Je sais que c'est interdit, mais c'est plus fort que moi.

6
Conséquences

J'entre chez moi, je me déshabille, je me lave, j'enfile de nouveaux vêtements et je retourne à l'école. Tout ça en un temps record.

La cour est déserte. Je me glisse dans le vestiaire, puis dans le corridor. Toujours personne.

J'entrouvre la porte de la classe, la mort dans l'âme. Mme Florence est au tableau. Elle fait semblant de ne pas me voir. Tu parles d'une façon de terminer l'année!

Je prends place à mon pupitre. Je suis fâché. J'ai du chagrin.

Mon grand jour est devenu un jour minuscule.

Les Albertrands me regardent en ricanant. Qu'est-ce qu'ils mijotent?

J'ai tellement le coeur en marmelade que je ne remarque pas que Mme Florence est en train

d'annoncer les résultats du concours. Je finis par entendre: «En deuxième place, Marianne Landry et François-Xavier Bellavance!»

La classe applaudit. Ça ne me rend pas de meilleure humeur. Deuxième ou dernier, pour moi, c'est pareil. Mme Florence prononce enfin: «En première place, pour sa présentation sur le pistou, Arnaud Savapa-Dubonnet!»

Le pire, c'est que ce petit globe terrestre à deux pattes n'a même pas l'air content! Il prend son billet pour le cirque en silence, sans sourire, comme s'il s'agissait d'une punition.

Je suis fâché. Arnaud nous a parlé d'un animal qui n'existe pas et il a gagné le concours!

Sonny Chiodini lève la main.

— Il y avait DEUX billets à gagner. Arnaud était seul. Qui va aller au cirque avec Arnaud et vous?

Mme Florence sourit.

— Je me suis procuré un quatrième billet. J'irai donc au cirque avec Arnaud, Marianne et...

Elle fait une pause et me lance un drôle de regard.

— ... même si je ne suis pas certaine qu'il le mérite, j'emmènerai aussi François-Xavier.

7
La face cachée d'Arnaud

Je suis heureux de pouvoir aller au cirque, mais je ne me sens pas tranquille. La menace des Albertrands pèse toujours sur moi. Quand Mme Florence a le dos tourné, Bertrand me montre le poing. Albert, lui, fait le signe de me couper la gorge.

Ce n'est pas rassurant.

Pendant la récréation de l'après-midi, je me cache dans les toilettes. Je cherche un plan pour éviter les Albertrands. Je pourrais peut-être me réfugier dans un autobus scolaire et me faire déposer près de chez moi?

J'ai une autre idée. De retour
dans la classe, je me couche sur
mon pupitre, la tête entre les bras.
Mme Florence ne tarde pas à re-
marquer mon manège.

— Qu'y a-t-il, François-Xavier?

— Je suis MALAAAAADE! J'ai envie de VOOOMIR!

— Tu n'es pas plus malade que moi, dit Mme Florence avec autorité. Reprends ton travail. Tout de suite.

Mme Florence a l'air tellement sûre d'elle que j'obéis. Comment sait-elle que je fais seulement semblant d'être malade?

Le temps passe. Dans une demi-heure, la cloche va signaler la fin des cours. J'ai une boule dans l'estomac, je crois qu'elle doit être de la grosseur de la Lune. Si ça continue, je vais être malade pour vrai.

Je guette les Albertrands du coin de l'oeil. Ils sont maintenant plus calmes. Ils ont dû mettre leur plan au point.

Il ne me reste qu'une solution:

partir AVANT eux et courir chez moi à toute allure. Les autres penseront que je suis un peureux s'ils le veulent. Je veux sauver ma peau.

Je range mes livres et mes crayons dans mon sac. Je vérifie que mes souliers sont bien attachés. Je suis prêt à prendre le départ.

Les Albertrands, eux, n'ont rien préparé. Ils ne me regardent pas. Je ne sais pas ce qui se passe, mais ils n'ont pas l'air dans leur assiette.

DRING! C'est le moment! Je m'élance comme un coureur de cent mètres quand la voix de Mme Florence retentit.

— François-Xavier! J'ai à te parler.

Quelle malchance! Le coeur

serré, je retourne à ma place. Les élèves, un à un, quittent la classe. Les Albertrands sortent eux aussi, sans me menacer, sans me jeter un regard.

Me voilà seul avec Mme Florence. Elle range ses livres puis s'assoit derrière son bureau. Maintenant, l'école est tout à fait calme. Elle me regarde d'un air sévère.

— François-Xavier, je ne suis pas fière de toi.

Je me tais. Je pense aux Albertrands. Ils doivent m'attendre dans la cour. Je n'ai plus aucune chance de leur échapper.

— Premièrement, tu as ri d'Albert et de Bertrand devant toute la classe. Je sais qu'ils ne sont pas toujours gentils...

— Comment ça, pas toujours

gentils? Ils ont fait exprès de mouiller mon pantalon!

D'un geste de la main, Mme Florence me fait taire.

— Je SAIS ce qui s'est passé. Albert et Bertrand ont leurs torts. Mais ce n'est pas en te moquant d'eux que tu les amèneras à de meilleurs sentiments.

Mme Florence qui prend la défense des Albertrands! J'aurai tout vu! Elle continue:

— Deuxièmement, tu as quitté l'école sans permission. Tu sais que c'est interdit. Demain, tu resteras en retenue et tu m'aideras à faire le ménage de la classe. C'est entendu?

Je fais oui de la tête. Je retrouve un peu d'espoir. Si Mme Florence me garde assez longtemps, les Albertrands vont peut-être se fatiguer de m'attendre et rentrer chez eux.

— Ta troisième faute est la plus grave. Tu n'étais pas content qu'Arnaud gagne le concours. Est-ce que je me trompe?

Je me sens rougir comme un thermomètre qu'on colle sur un calorifère.

— Euh... ce n'était pas juste. Il a fait une présentation sur un pistou qui n'existe même pas!

— Tu ne serais pas un peu jaloux?

Jaloux? Moi, FX Bellavance, je serais jaloux d'Arnaud Savapa-Dubonnet! Je voudrais répondre non, mais je sens que Mme Florence a raison.

— Ça se peut...

Ouf! Ça va mieux, tout à coup. Oui, c'est vrai que je suis jaloux d'Arnaud Savapa-Dubonnet. Il est intelligent. Il a fait le tour de la planète. Il parle comme un livre.

Je n'ose pas l'avouer, mais j'ai l'impression qu'il est devenu le CHOUCHOU de Mme Florence.

— Est-ce que tu t'es demandé pourquoi Arnaud a fait sa présentation seul?

— Ce n'est rien de nouveau. Il est toujours tout seul.

— Il est tout seul parce qu'il ne se sent pas accepté par la classe. Il arrive de l'étranger. Ce n'est pas facile pour lui de s'intégrer.

Je ne dis rien. J'aurais pu faire un effort pour être gentil avec lui. Mme Florence me regarde avec ses grands yeux qui voient tout. C'est bientôt la fin de l'année. Elle a souvent été sévère avec moi, mais je vais m'ennuyer d'elle.

— En plus, continue-t-elle, je crois qu'Arnaud aimerait bien être ton ami.

— Qu'est-ce qui vous fait penser ça?

— Tu lui dois une fière chandelle. C'est lui qui m'a raconté ce qui s'est passé avec Albert et Bertrand. Maintenant, tu peux rentrer chez toi sans problème. Il ne t'arrivera rien.

Je remercie Mme Florence. En regagnant mon pupitre, je m'aperçois que Marianne a oublié de rapporter les accessoires que nous avons utilisés pour la présentation.

Je mets le réveille-matin, la Lune, la Terre et le Soleil dans un sac en plastique. Je me le passe sur l'épaule.

Avec mon sac d'école plein de livres, c'est un peu lourd. Mais ça ne fait rien! Depuis que je suis délivré de la menace des Albertrands, je me sens léger comme un... pistou!

Quelqu'un m'attend pourtant dans la cour. Arnaud est assis sous le panier de basket-ball. Je m'approche. Il retire ses écouteurs.

— Je faisais le guet, me dit-il. Au cas où ces bandits de grand chemin auraient toujours envie de te tendre une embuscade.

Je vous l'ai dit: Arnaud Savapa-Dubonnet parle comme un livre. Là, je crois qu'il fait exprès, pour blaguer.

— Merci.

Je lui tends la main. Mon sac d'accessoires tombe par terre. J'espère que la lampe de poche n'est pas brisée...

— Veux-tu que je me charge de tes planètes? m'offre Arnaud.

Tout en acceptant, je l'invite à venir prendre une collation chez moi. Il est heureux. Moi aussi.

Nous partons ensemble vers la maison. Il fait encore beau. Les oiseaux chantent toujours dans les arbres et sur les cordes à linge.

Parlant d'oiseaux, je dis à Arnaud:

— Je te félicite. Ton pistou, c'était une belle invention.

— Comment, une invention? Tout ce que j'ai dit était VRAI!

Le pire, c'est qu'il est sérieux. J'ai l'impression que le pistou risque de nous occuper une partie de l'été!

Table des matières

Dans la même collection, à la courte échelle:

Achevé d'imprimer en août 2007 chez Gauvin, Gatineau, Québec